輕圖解！
韓語40音
練習帖

金龍範 著

山田社
Shan Tian She

前言

讓你上癮的韓語 40 音僅此一本！
學韓語 40 音沒有門檻，
本書從小學生到上班族，從學校到職場，每個人都愛用！

真有意思！
跟朋友聊韓劇，不知不覺就念完韓語 40 音！
他到底用了什麼方法，學得這麼開心？
讀完了一頁，就急著想翻下一頁！
一個發音不用 30 秒鐘就會念、會寫了！

別意外，因為越有趣就越能專注，腦袋記得越清楚！
本書「三合一速效學習法」第一步，融入灑狗血劇情畫面，就能輕鬆聯想字形；第二步，讀一段經典旁白，馬上找到相似音；第三步，字母、單字、會話習字帖邊寫邊念，動動筆，就能加深記憶。只要花 30 秒看一張插圖，讀一段劇情，就記住一個發音了。

【特色總整理】

★ 圖像記憶新視野！學韓語 40 音就像看韓劇一樣。在每個愛情片段中，都能找到 40 音！

★ 配合圖像的旁白，就能聯想發音，40 音就是這麼好記。

★ 精選韓劇常出現的單字，讓您發音、字母、單字一次學會。

★ 40 音、單字、會話練習寫一寫，讓你越寫越上手，越寫越忘不掉。

目錄

本書使用說明

基本練習 ....

圖像 ・ 發音記憶法 ....

旁白聯想發音 ....

畫面聯想字形 ....

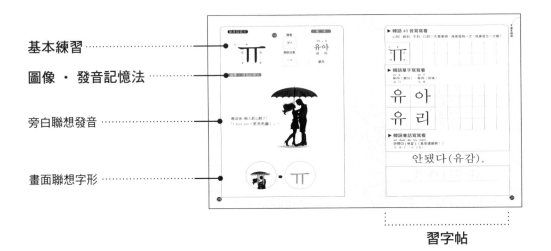

習字帖

基本練習 第一步：先認識筆順；

第二步：練習發音，先聽一次老師的發音，並用羅馬拼音輔助，跟著念一次，接著搭配相似音，加深記憶；

第三步：學習將「音」延伸出常用的「單字」，加強練習。

圖像發音記憶法 聽我們説「愛情故事」，並從「男女互動」中發現韓語 40 音，只要圖像與文字對照一下，就能感受浪漫，輕鬆記住 40 音。

【旁白聯想發音】

邂逅後，兩人都心醉了：
「I love you（愛老虎**油**）」。

yu

【畫面聯想字形】

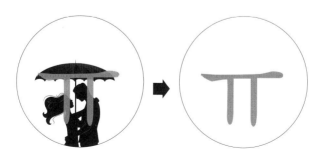

練習寫寫看 經過「音」與「形」的基本與延伸學習，40音一定變得很熟悉了！
接著動動筆，「40音、單字、會話習字帖」邊念邊練習寫，讓40音變得更熟練，
不僅能說出道地韓語，也能寫一手好字。

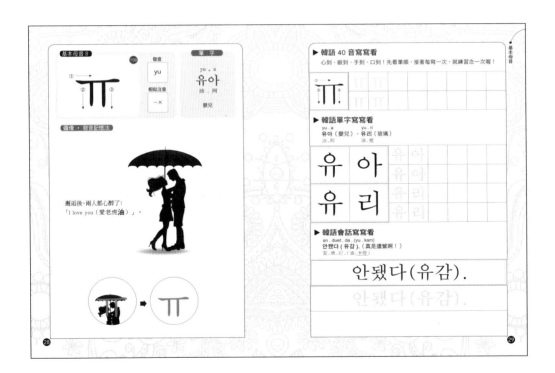

韓語文字及發音

　　看起來有方方正正，有圈圈的韓語文字，據說那是創字時，從雕花的窗子，得到靈感的。圈圈代表太陽（天），橫線代表地，直線是人，這可是根據中國天地人思想，也就是宇宙自然法則的喔！

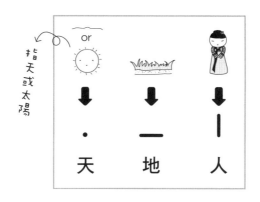

　　另外，韓文字的子音跟母音，在創字的時候，是模仿發音的嘴形，很多發音可以跟我們的注音相對照，而且也是用拼音的。

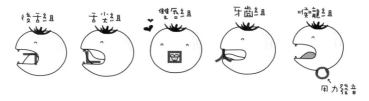

　　韓文有 70% 是漢字詞，那是從中國引進的。發音也是模仿了中國古時候的發音。因此，只要學會韓語 40 音，知道漢字詞的造詞規律，很快就能學會 70% 的單字。

韓語發音對照表

	表記	羅馬字
基本母音	ㅏ	a
	ㅑ	ya
	ㅓ	eo
	ㅕ	yeo
	ㅗ	o
	ㅛ	yo
	ㅜ	u
	ㅠ	yu
	ㅡ	eu
	ㅣ	i
複合母音	ㅐ	ae
	ㅒ	yae
	ㅔ	e
	ㅖ	ye
	ㅘ	wa
	ㅙ	wae
	ㅚ	oe
	ㅝ	wo
	ㅞ	we
	ㅟ	wi
	ㅢ	ui

	表記	羅馬字
基本子音	ㄱ	k/g
	ㄴ	n
	ㄷ	t/d
	ㄹ	r/l
	ㅁ	m
	ㅂ	p/b
	ㅅ	s
	ㅇ	不發音/ng
	ㅈ	ch/j
	ㅎ	h
送氣音 ★	ㅊ	ch
	ㅋ	k
	ㅌ	t
	ㅍ	p
硬音 ☆	ㄲ	kk
	ㄸ	tt
	ㅃ	pp
	ㅆ	ss
	ㅉ	cch

	表記	羅馬字
收尾音	ㄱ	k
	ㄴ	n
	ㄷ	t
	ㄹ	l
	ㅁ	m
	ㅂ	p
	ㅇ	ng

	表記	羅馬字	注音標音	中文標音	發音・圖像記憶法
基本母音 ※為故事情節的發展而改變順序	ㅡ	eu	ㄜㄨ	哦嗚	哦嗚，大男人假日老宅在家！
	ㅣ	i	ㄧ	一	疲倦的她，總是孤單一人。
	ㅏ	a	ㄚ	啊	啊！他每天習慣向右走！
	ㅓ	eo	ㄛ	喔	她每天習慣向左走喔！
	ㅗ	o	ㄡ	歐	歐！電視是他孤寂的伴侶！
	ㅜ	u	ㄨ	嗚	嗚！雨天，一個人撐傘！
	ㅛ	yo	ㄧㄡ	優	優美的月光下，兩人奇蹟般地相遇了。
	ㅠ	yu	ㄧㄨ	油	邂逅後，兩人都心醉了：「I love you（愛老虎油）」。
	ㅑ	ya	ㄧㄚ	壓	他她喜歡在一起，那種沒有壓力的感覺。
	ㅕ	yeo	ㄧㄛ	憂	一舉一動，讓人喜讓人憂！
複合母音	ㅐ	ae	ㄟ	耶	耶！他跟她求婚了！
	ㅒ	yae	ㄧㄟ	也	「我愛你！」「我也愛你！」
	ㅔ	e	ㄝ	給	你要當爸了，給孩子取名字吧！
	ㅖ	ye	ㄧㄝ	爺	一起去找爺爺奶奶！
	ㅘ	wa	ㄨㄚ	娃	小娃娃真聰明！
	ㅙ	wae	ㄛㄝ	歪	忙歪了！一邊工作一邊帶小孩！
	ㅚ	oe	ㄨㄝ	喂	喂！老公怎麼可以不工作！
	ㅝ	wo	ㄨㄛ	我	「哼！」「原諒我，我錯了！」
	ㅞ	we	ㄨㄝ	胃	「後悔到胃抽筋！」
	ㅟ	wi	ㄩ	為	「為你送上代表真愛的玫瑰花！」
	ㅢ	ui	ㄨㄧ	物一	「再嫁給我一次吧」「物一！」（法語 Oui：好的）

	表記	羅馬字	注音標音	中文標音	發音・圖像記憶法
基本子音	ㄱ	k/g	ㄎ/ㄍ	課/個	精緻可人的大女兒，是個髮型模特兒！
	ㄴ	n	ㄋ	呢	女神級身材，會不會太吸睛了呢？
	ㄷ	t/d	ㄊ/ㄉ	得	女神接班人，**得**寵程度可見一斑！
	ㄹ	r/l	ㄦ/ㄌ	勒	大女兒，加**勒**比海拍廣告。
	ㅁ	m	ㄇ	母	辛苦拍外景時，最想念阿爸阿**母**！
	ㅂ	p/b	ㄆ/ㄅ	波/伯	也接拍綠野香**波**洗髮精廣告！
	ㅅ	s	ㄙ	絲	拍片時各種情緒，都能傳達得**絲**絲入扣！
	ㅇ	不發音/ng	不發音/ㄥ	o/嗯	**嗯**！髮型超炫，眾人的焦點！
	ㅈ	ch/j	ㄘ/ㄗ	己/姿	**姿**色撩人，綻放無限魅力！
	ㅎ	h	ㄏ	喝	**喝**杯果汁，都能搶盡風頭！
送氣音★	ㅊ	ch	ㄘ/ㄑ	此	雙胞胎小女兒呢？**此**人熱情好動。
	ㅋ	k	ㄎ	可	甜美**可**人，一天到晚喜歡往外跑。
	ㅌ	t	ㄊ	特	她好奇心強，又**特**別調皮。
	ㅍ	p	ㄆ	潑	總是敢活**潑**大膽的秀自己。
硬音☆	ㄲ	kk	ㄍ、	各	雙胞胎一樣的相貌，**各**自的性情卻不相同。
	ㄸ	tt	ㄉ、	得	兩人總能玩**得**笑聲不斷。
	ㅃ	pp	ㄅ、	伯	兩人逗趣的小拌嘴，都是**伯**叔姨嬸的最愛。
	ㅆ	ss	ㄙ、	四	兩人靚麗的外表，總能吸引**四**周人的眼光。
	ㅉ	cch	ㄗ、	自	兩人都相當有**自**己的想法。

	表記	羅馬字	注音標音	中文標音
收尾音	ㄱ	k	ㄍ	學（台語）的尾音
	ㄴ	n	ㄣ	安（台語）的尾音
	ㄷ	t	ㄊ	日（台語）的尾音
	ㄹ	l	ㄖ	兒（台語）
	ㅁ	m	ㄇ	甘（台語）的尾音
	ㅂ	p	ㄆ	葉（台語）的尾音
	ㅇ	ng	ㄥ	爽（台語）的尾音

★ 送氣音就是用強烈氣息發出的音。

☆ 硬音就是要讓喉嚨緊張，加重聲音，用力唸。這裡用「ˋ」表示。

★ 本表之注音及中文標音，僅提供方便記憶韓語發音，實際發音是　有差別的。

韓文的組成

韓文是怎麼組成的呢？韓文是由母音跟子音所組成的。排列方法是由上到下，由左到右。大分有下列六種：

1 子音＋母音 ——————————→

子
母

2 子音＋母音 ——————————→

子	母

3 子音＋母音＋母音 ————————→

子	母
母	

4 子音＋母音＋子音（收尾音）————→

子
母
子（收尾音）

5 子音＋母音＋子音（收尾音）————→

子	母
子（收尾音）	

6 子音＋母音＋母音＋子音（收尾音）——→

子	母
母	
子（收尾音）	

輕圖解！
韓語 40 音練習帖

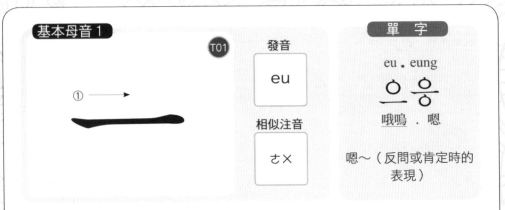

T01

發音

eu

相似注音

さ×

單字

eu . eung

으 응

哦嗚 . 嗯

嗯～（反問或肯定時的
表現）

圖像‧發音記憶法

哦嗚，大男人假日老宅在家！

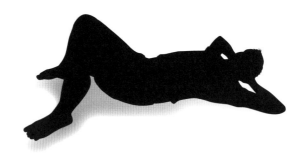

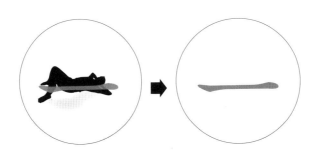

▶ 韓語 40 音寫寫看

心到、眼到、手到、口到！先看筆順，接著每寫一次，就練習念一次喔！

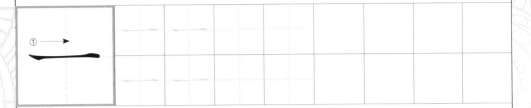

▶ 韓語單字寫寫看

eu.eung
으응（嗯～）
哦嗚 . 嗯

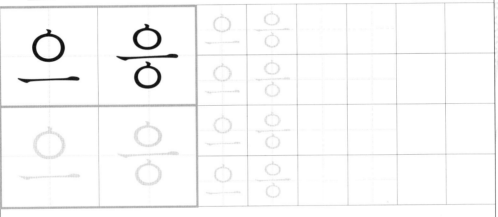

▶ 韓語會話寫寫看

se.he.bok.ma.ni.ba.deu.se.yo
새해 복 많이 받으세요 .（新年快樂！）
賽 . 黑 . 伯 . 罵 . 你 . 爬得 . 惡 . 塞 . 優

새해 복 많이 받으세요 .

새해 복 많이 받으세요 .

T02

①

發音

i

相似注音

ㄧ

i . yu
이유
ㄧ . 由

理由

圖像 · 發音記憶法

疲倦的她，總是孤單「ㄧ」人。

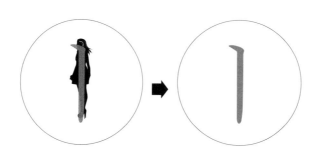

▶ 韓語 40 音寫寫看

心到、眼到、手到、口到！先看筆順，接著每寫一次，就練習念一次喔！

ㅣ①

▶ 韓語單字寫寫看

i . yu　　　　si . pi
이유（理由）、십이（十二）
一.由　　　　細.比

이유
십이

▶ 韓語會話寫寫看

a . i . go
아이고.（我的天啊！）
阿.衣.姑

아이고.

아이고.

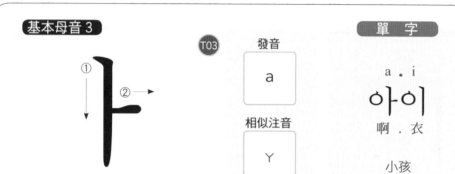

T03

發音

a

相似注音

Y

a.i

아이

啊．衣

小孩

圖像 ・ 發音記憶法

啊！他每天習慣向右走！

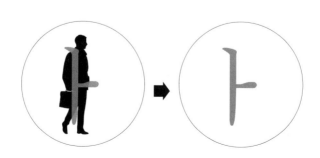

▶ 韓語 40 音寫寫看
心到、眼到、手到、口到！先看筆順，接著每寫一次，就練習念一次喔！

▶ 韓語單字寫寫看
a.i　　　　a.u
아이（小孩）、아우（弟弟）
啊.衣　　　阿.屋

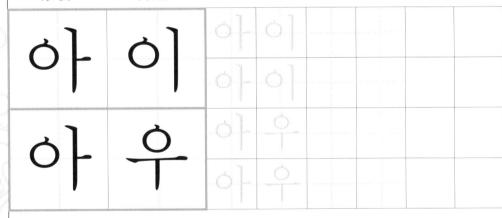

▶ 韓語會話寫寫看
a.ni.ya
아니야 .（不對，不是。）
阿.尼.呀

아니야.

아니야.

T04

發音

eo

相似注音

ㄜ

eo . i

어이

喔 . 衣

喂！（呼叫朋友或比自己小的人用）

圖像 · 發音記憶法

她每天習慣向左走**喔**！

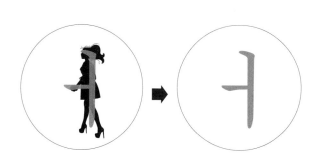

▶ 韓語 40 音寫寫看

心到、眼到、手到、口到！先看筆順，接著每寫一次，就練習念一次喔！

▶ 韓語單字寫寫看

eo.i
어이（喂！〈呼叫朋友或比自己小的人用〉）、
喔.衣

i.eo
이어（持續）
衣.哦

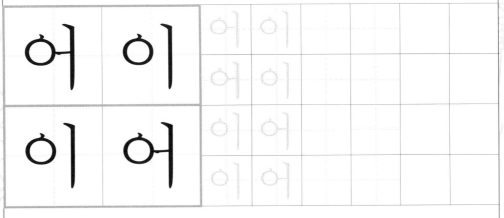

▶ 韓語會話寫寫看

i.sseo.yo
있어요.（有。）
己.搜.有

있어요.

있어요.

T05

發音

o

相似注音

ㄡ

o . neul

오늘

歐 . 內

今天

圖像 · 發音記憶法

歐！電視是他孤寂的伴侶！

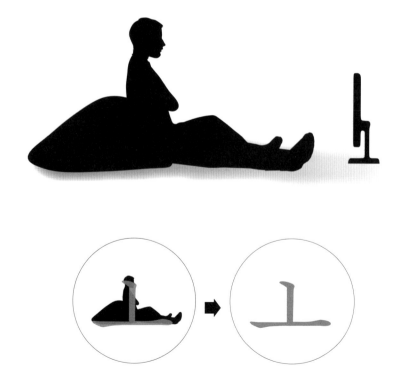

▶ 韓語 40 音寫寫看

心到、眼到、手到、口到！先看筆順，接著每寫一次，就練習念一次喔！

▶ 韓語單字寫寫看

o . neul　　　　o . i
오늘（今天）、오이（小黃瓜）
歐．內　　　　歐．衣

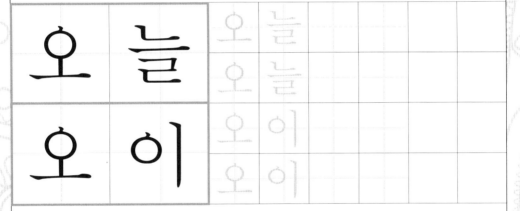

▶ 韓語會話寫寫看

ddo . o . se . yo
또 오세요 .（請您再度光臨。）
都．歐．塞．油

또 오세요.

또 오세요.

T06

發音

u

相似注音

×

u . yu

우 유

嗚．優

牛奶

① →

②

圖像 · 發音記憶法

嗚！雨天，一個人撐傘！

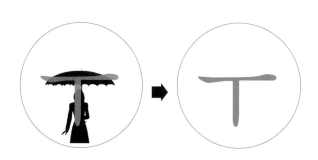

▶ 韓語 40 音寫寫看

心到、眼到、手到、口到！先看筆順，接著每寫一次，就練習念一次喔！

▶ 韓語單字寫寫看

u . yu　　　　u . san
우유（牛奶）、우산（雨傘）
嗚.優　　　　屋.傘

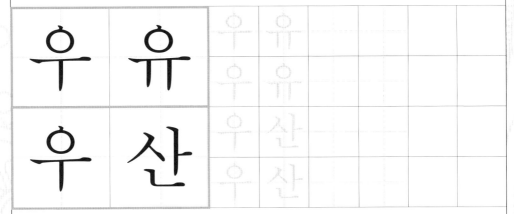

▶ 韓語會話寫寫看

u . ri . man . nan . cheo . gin . na . yo
우리 만난 적 있나요 .（我們以前見過面嗎？）
屋.里.滿.難.秋.引.娜.喲

우리 만난 적 있나요.

우리 만난 적 있나요.

T07

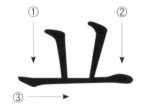

發音

yo

相似注音

ㄧㄡ

wo . ryo . il

월요일

我兒 . 優 . 憶兒

星期一

圖像 • 發音記憶法

優美的月光下，兩人奇蹟般地相遇了。

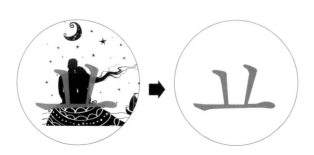

26

▶ 韓語 40 音寫寫看

心到、眼到、手到、口到！先看筆順，接著每寫一次，就練習念一次喔！

▶ 韓語單字寫寫看

wo.ryo.il   yo

월요일（星期一）、요（墊被）

我兒.優.憶兒   優

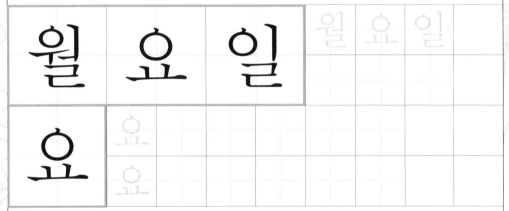

월 요 일

요

▶ 韓語會話寫寫看

a . ra . seo . (yo)

알았어 (요).（知道了。）

阿 . 拉 . 受 .（優）

알았어 (요).

T08

發音

yu

相似注音

ㄧㄨ

yu . a

유아

油 . 阿

嬰兒

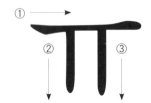

圖像 · 發音記憶法

邂逅後，兩人都心醉了：
「I love you（愛老虎**油**）」。

▶ 韓語 40 音寫寫看

心到、眼到、手到、口到！先看筆順，接著每寫一次，就練習念一次喔！

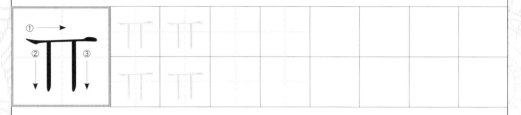

▶ 韓語單字寫寫看

yu . a　　　　yu . ri
유아（嬰兒）、유리（玻璃）
油.阿　　　　油.裡

유 아

유 리

▶ 韓語會話寫寫看

an . duet . da . (yu . kam)
안됐다 (유감). (真是遺憾啊！)
安.堆.打.(油.卡母)

안됐다(유감).

안됐다(유감).

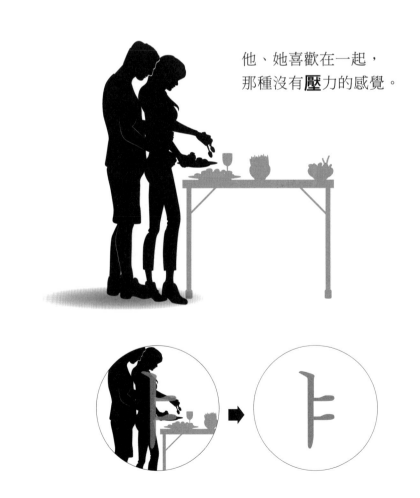

他、她喜歡在一起，
那種沒有**壓**力的感覺。

▶ 韓語 40 音寫寫看

心到、眼到、手到、口到！先看筆順，接著每寫一次，就練習念一次喔！

▶ 韓語單字寫寫看

sim . ya　　　　　a . ya
심야（深夜）、아야（啊唷〈疼痛時喊痛的表現〉）
心 . 壓　　　　　阿 . 鴨

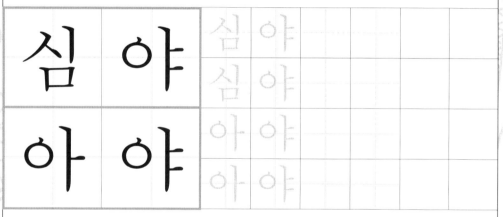

▶ 韓語會話寫寫看

o . re . kan . ma . ni . ya
오래간만이야 .（好久不見。）
喔 . 雷 . 敢 . 罵 . 你 . 鴨

오래간만이야.

오래간만이야.

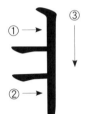

①→ ②→ ③↓

T10

發音
yeo

相似注音
ㄜ一

yeo . ja . a . i
여자아이
憂 . 叉 . 阿 . 伊

女兒（女孩子）

圖像 · 發音記憶法

一舉一動，讓人喜讓人**憂**！

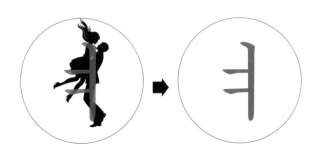

▶ **韓語 40 音寫寫看**

心到、眼到、手到、口到！先看筆順，接著每寫一次，就練習念一次喔！

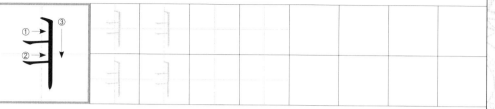

▶ **韓語單字寫寫看**

yeo.ja.a.i
여자아이（女兒〈女孩子〉）、
憂.叉.阿.伊

yeo.yu
여 유（充裕）
有.友

여	자	아	이			
여	자	아	이			

여	유					
		여	유			
		여	유			

▶ **韓語會話寫寫看**

yeo . bo . se . yo
여보세요 .（喂～〈打電話時〉。）
有 . 普 . 塞 . 油

여보세요.

여보세요.

T11

① ② ③

發音

ae

相似注音

ㄟ

hae

해

黑

太陽

圖像・發音記憶法

耶！他跟她求婚了！

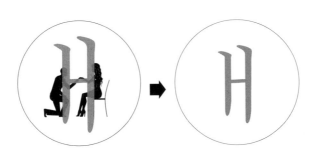

▶ 韓語 40 音寫寫看

心到、眼到、手到、口到！先看筆順，接著每寫一次，就練習念一次喔！

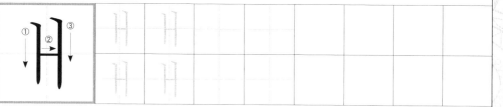

▶ 韓語單字寫寫看

hae　　　sae
해（太陽）、새（鳥）
黑　　　　誰

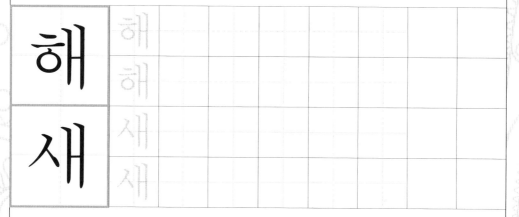

▶ 韓語會話寫寫看

do . khae . yo
독해요？（〈酒精度數〉很高嗎？）
吐 . 給 . 喲

독해요?

독해요?

T12

發音

yae

相似注音

ㄧㄟ

yae

애

也

這個人（孩子）

圖像 · 發音記憶法

結婚了！

「我愛你！」  「我**也**愛你！」

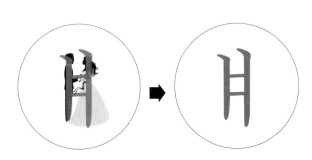

▶ 韓語 40 音寫寫看

心到、眼到、手到、口到！先看筆順，接著每寫一次，就練習念一次喔！

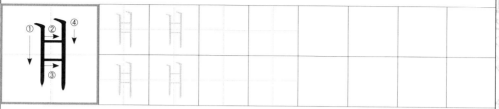

▶ 韓語單字寫寫看

yae
애（這個人〈孩子〉）、
也

kae
개（那個人〈孩子〉）
幾也

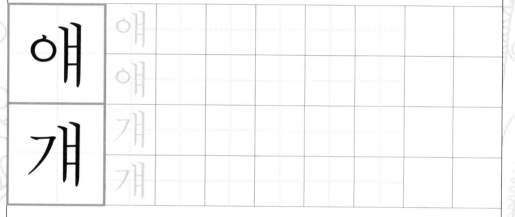

▶ 韓語會話寫寫看

chom.deo.yae.ki.hae.chwo.yo
좀 더 애기해 줘요!（請繼續説！）
窮.透.也.給.黑.酒.油

좀 더 애기해 줘요!

좀 더 애기해 줘요!

②　③

①→ ㅖ

T13

發音

e

相似注音

ㄝ

me . nyu

메뉴

梅．牛

菜單

圖像・發音記憶法

懷孕了！

你要當爸了，
給孩子取名字吧！

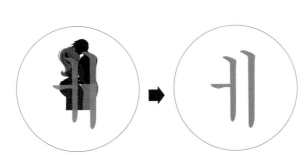

▶ 韓語 40 音寫寫看

心到、眼到、手到、口到！先看筆順，接著每寫一次，就練習念一次喔！

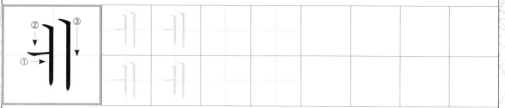

▶ 韓語單字寫寫看

me.nyu　　　　　ke
메 뉴（菜單）、게（螃蟹）
梅.牛　　　　　可黑

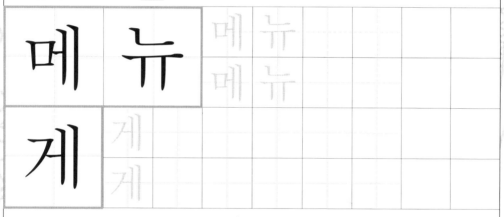

▶ 韓語會話寫寫看

hang . gu . ke . ka . cha
한국에 가자.（去韓國吧！）
憨.庫.給.卡.恰

한국에 가자.

한국에 가자.

複合母音4

③　④

① →
② →

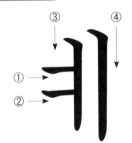

T14

發音

ye

相似注音

一せ

單　字

ye . bae

예배

爺 . 北

禮拜

圖像 · 發音記憶法

生了雙胞胎千金

一起去找**爺**爺奶奶！

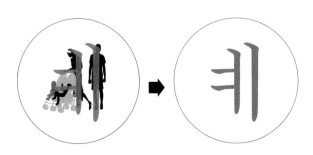

▶ 韓語 40 音寫寫看

心到、眼到、手到、口到！先看筆順，接著每寫一次，就練習念一次喔！

▶ 韓語單字寫寫看

ye.bae　　　　si.ge
예 배（禮拜）、시계（時鐘）
爺.北　　　　 細.給

▶ 韓語會話寫寫看

i . geon . nwo . ye . yo
이건 뭐예요?（這是什麼？）
伊.幹.某.也.喲

이건 뭐예요?

이건 뭐예요?

T15

發音

wa

相似注音

ㄨㄚ

sa．gwa

사과

傻．瓜

蘋果

圖像 · 發音記憶法

育兒日記！

小**娃**娃真聰明！

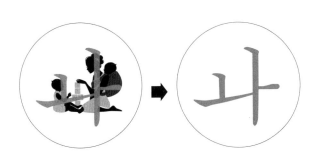

▶ 韓語 40 音寫寫看

心到、眼到、手到、口到！先看筆順，接著每寫一次，就練習念一次喔！

▶ 韓語單字寫寫看

sa.gwa
kyo.gwa.seo
사 과（蘋果）、교 과 서（教科書）
傻.瓜　　　　教.瓜.瘦

사 과

교 과 서

▶ 韓語會話寫寫看

to . wa .chu . se .yo
도와주세요!（救命啊！）
土.娃.阻.塞.油

도와주세요!

T16

③ ⑤
①
② ④

發音

wae

相似注音

ㄛㄝ

dwae.ji

돼지

腿．祭

豬

圖像・發音記憶法

忙**歪**了！
一邊工作一邊帶小孩！

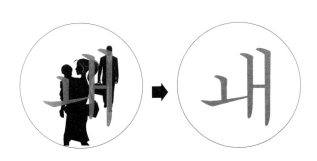

▶ 韓語 40 音寫寫看

心到、眼到、手到、口到！先看筆順，接著每寫一次，就練習念一次喔！

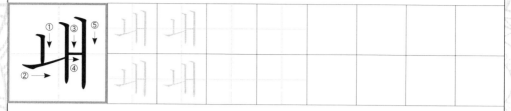

| 내 | 내 | | |
| 내 | 내 | | |

▶ 韓語單字寫寫看

dwae.ji　　　　yu.kwae
돼 지（豬）、유 쾌（愉快）
腿 . 祭　　　　有 . 快

돼	지	돼	지		
		돼	지		
유	쾌	유	쾌		
		유	쾌		

▶ 韓語會話寫寫看

wae . yo
왜요？（為什麼？）
為 . 油

| 왜요？ |
| 왜요？ |
| |

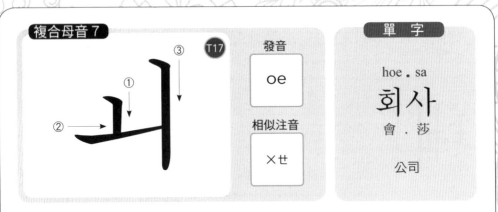

T17

發音

oe

相似注音

ㄨㄝ

單 字

hoe . sa

회사

會 . 莎

公司

圖像 · 發音記憶法

先生在工作上受挫，再也不願出去找工作！

喂！老公怎麼可以不工作！

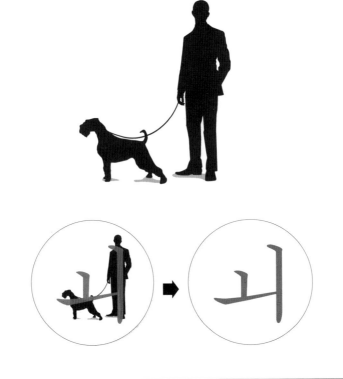

▶ 韓語 40 音寫寫看

心到、眼到、手到、口到！先看筆順，接著每寫一次，就練習念一次喔！

▶ 韓語單字寫寫看

hoe.sa　　　　　koe.mul
회 사（公司）、괴 물（怪物）
會.莎　　　　　虧.母兒

▶ 韓語會話寫寫看

oe . ro . wo . yo
외로워요.（好寂寞！）
威.樓.我.油

외로워요.

외로워요.

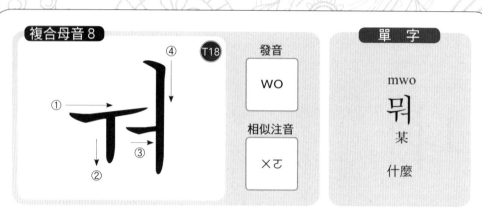

發音

wo

相似注音

ㄨㄛ

單字

mwo

뭐

某

什麼

圖像 · 發音記憶法

老婆已經忍無可忍，離家出走！

「原諒**我**，我錯了！」 「哼！」

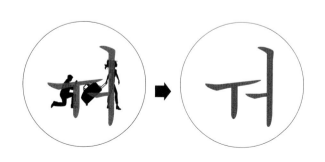

▶ **韓語 40 音寫寫看**

心到、眼到、手到、口到！先看筆順，接著每寫一次，就練習念一次喔！

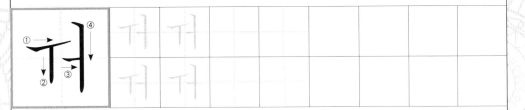

ㅝ	ㅝ				
ㅝ	ㅝ				

▶ **韓語單字寫寫看**

mwo   won
뭐（什麼）、원（韓幣單位）
某   旺

뭐	뭐				
	뭐				
원	원				
	원				

▶ **韓語會話寫寫看**

ko . ma . wo . (yo)
고마워 (요). （感謝你〈呀〉！）
姑 . 罵 . 我 . (油)

고마워 (요).

고마워 (요).

④ ⑤

T19

①→

③

②

發音

we

相似注音

ㄨㄟ

we . i . teo

웨이터

胃 . 衣 . 透

服務員（餐廳）

圖像 ‧ 發音記憶法

老公重新振作，希望挽回老婆的心！

「後悔到**胃**抽筋！」

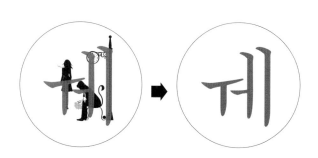

50

▶ 韓語 40 音寫寫看

心到、眼到、手到、口到！先看筆順，接著每寫一次，就練習念一次喔！

| 궤 | 궤 | | |
| 궤 | 궤 | | |

▶ 韓語單字寫寫看

we.i.teo
웨이터（服務員〈餐廳〉）、
胃.衣.透

we.i.beu
웨이브（捲度〈頭髮等〉）
胃.衣.布

| 웨 | 이 | 터 |
| 웨 | 이 | 브 |

웨	이	터
웨	이	터
웨	이	브
웨	이	브

▶ 韓語會話寫寫看

seu.we.teo, eol.ma.ye.yo
스웨터, 얼마예요？（毛衣，多少錢？）
司.胃.透.二耳.馬.也.油

스웨터, 얼마예요?

스웨터, 얼마예요?

發音

wi

相似注音

ㄩ

kwi

귀

桂

耳朵

圖像 ‧ 發音記憶法

在巴黎鐵塔下，再次宣誓永恆的真愛！

「**為**你送上代表真愛的玫瑰花！」

▶ 韓語 40 音寫寫看

心到、眼到、手到、口到！先看筆順，接著每寫一次，就練習念一次喔！

▶ 韓語單字寫寫看

kwi　　　　chwi.mi
귀（耳朵）、취 미（興趣）
桂　　　　　娶 . 米

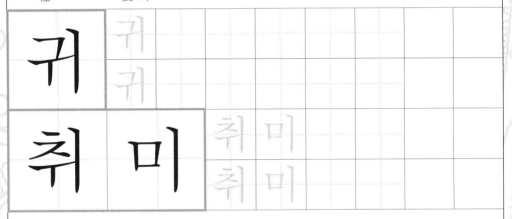

▶ 韓語會話寫寫看

ka . wi . ba . wi . bo
가위 바위 보 .（剪刀、石頭、布！）
卡 . 為 . 爬 . 為 . 普

가위 바위 보.

가위 바위 보.

②

T21

發音

ui

相似注音

ㄨ一

ui . sa

의사

物一．莎

醫生

① →

圖像 ・ 發音記憶法

「再嫁給我一次吧」
「**物一！**」（法語 Oui：好的）

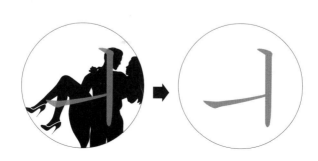

▶ 韓語 40 音寫寫看

心到、眼到、手到、口到！先看筆順，接著每寫一次，就練習念一次喔！

▶ 韓語單字寫寫看

ui . sa　　　　ui . ja
의사（醫生）、의자（椅子）
物一.莎　　　烏衣.加

▶ 韓語會話寫寫看

ui.sa.reul.bul.leo.ju.se.yo
의사를 불러 주세요 .（請叫醫生！）
烏衣.莎.日.普.拉.阻.誰.喲

의사를 불러 주세요.

의사를 불러 주세요.

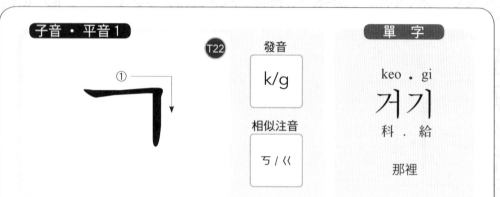

T22

發音

k/g

相似注音

ㄎ/ㄍ

keo . gi

거기

科 . 給

那裡

圖像 ・ 發音記憶法

雙胞胎大女兒楚楚動人，是**個**髮型模特兒！

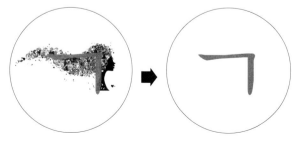

▶ 韓語 40 音寫寫看

心到、眼到、手到、口到！先看筆順，接著每寫一次，就練習念一次喔！

① ㄱ

| ㄱ | ㄱ | | | |
| ㄱ | ㄱ | | | |

▶ 韓語單字寫寫看

keo . gi　　　　ka . gu
거기（那裡）、가구（家具）
科 . 給　　　　卡 . 姑

거	기	거	기	
		거	기	
가	구	가	구	
		가	구	

▶ 韓語會話寫寫看

ka . ja
가자 .（快走吧！〈一同走〉）
卡 . 家

가자 .

가자 .

T23

發音

n

相似注音

ㄋ

nu . gu
누구
努 . 姑

誰

圖像・發音記憶法

女神級身材，會不會太吸睛了**呢**？

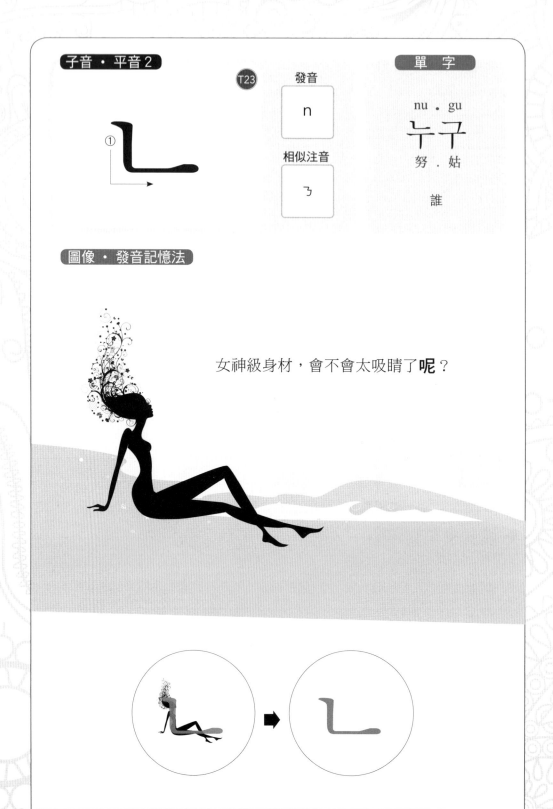

▶ 韓語 40 音寫寫看

心到、眼到、手到、口到！先看筆順，接著每寫一次，就練習念一次喔！

▶ 韓語單字寫寫看

nu . gu　　　na . i
누구（誰）、나이（歲〈歲數或年紀〉）
努.姑　　　娜.衣

누구

나이

▶ 韓語會話寫寫看

ha . na . tur . set
하나 둘 셋.（１２３開始！〈或拉、推等〉）
哈.娜.兔耳.誰的

하나 둘 셋.

하나 둘 셋.

T24

發音

t/d

相似注音

ㄊ / ㄉ

單　字

eo . di

어디

喔 . 低

哪裡

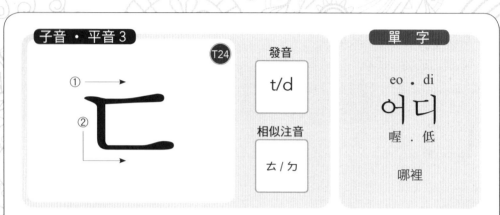

圖像・發音記憶法

女神接班人，**得**寵程度可見一斑！

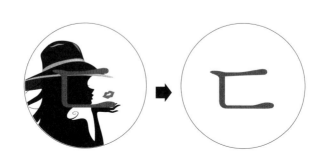

▶ 韓語 40 音寫寫看

心到、眼到、手到、口到！先看筆順，接著每寫一次，就練習念一次喔！

▶ 韓語單字寫寫看

eo . di　　　　ku . du
어디（哪裡）、구두（鞋子）
喔.低　　　　苦.讀

▶ 韓語會話寫寫看

ma . sit . da
맛있다.（好吃！）
馬.西.打

맛있다.

맛있다.

T25

發音

r/l

相似注音

ㄦ / ㄌ

u . ri

우리

屋 . 李

我們

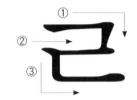

圖像 ・ 發音記憶法

大女兒，加**勒**比海拍廣告。

▶ 韓語 40 音寫寫看

心到、眼到、手到、口到！先看筆順，接著每寫一次，就練習念一次喔！

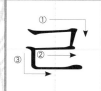

ㄹ ㄹ

ㄹ ㄹ

▶ 韓語單字寫寫看

u . ri　　　　na . ra
우리（我們）、나라（國家）
屋.李　　　　娜.拉

우 리

우 리

나 라

나 라

▶ 韓語會話寫寫看

han . kuk . ma . lul . mo . la . yo
한국말을 몰라요 .（我不會説韓語。）
憨.哭.罵.了.莫.拉.油

한국말을 몰라요.

한국말을 몰라요.

單字

T26

發音

m

相似注音

ㄇ

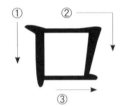

meo . ri

머리

末 . 李

頭

圖像 ・ 發音記憶法

辛苦拍外景時，最想念阿爸阿**母**！

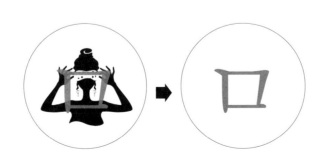

▶ 韓語 40 音寫寫看

心到、眼到、手到、口到！先看筆順，接著每寫一次，就練習念一次喔！

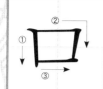

ロ ロ

ロ ロ

▶ 韓語單字寫寫看

meo.ri　　mo.gi
머 리（頭）、모 기（蚊子）
末.李　　某.給

머	리
모	기

머 리
머 리
모 기
모 기

▶ 韓語會話寫寫看

chang.nan.chi.ji.ma
장난치지마！（不要鬧了！）
張.難.氣.奇.馬

장난치지마！

장난치지마！

發音

p/b

相似注音

ㄆ / ㄅ

pa . bo

바보

爬 . 普

傻瓜、笨蛋

圖像・發音記憶法

也接拍綠野香**波**洗髮精廣告！

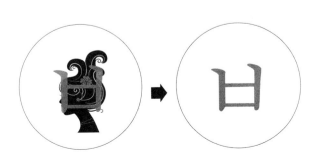

▶ 韓語 40 音寫寫看

心到、眼到、手到、口到！先看筆順，接著每寫一次，就練習念一次喔！

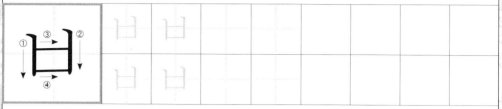

▶ 韓語單字寫寫看

pa . bo　　　　　pi
바보（傻瓜、笨蛋）、비（雨）
爬.普　　　　　　皮

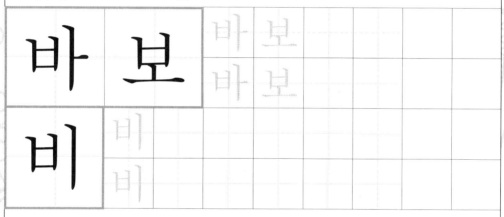

▶ 韓語會話寫寫看

pa . bo . ka . te
바보같애.（真蠢呀！）
爬.普.咖.特

바보같애.

바보같애.

T28

發音

S

相似注音

ㄙ

pi . seo

비서

皮 . 瘦

秘書

圖像・發音記憶法

拍片時各種情緒，
都能傳達得**絲**絲入扣！

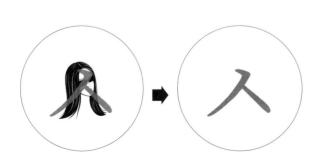

▶ 韓語 40 音寫寫看

心到、眼到、手到、口到！先看筆順，接著每寫一次，就練習念一次喔！

▶ 韓語單字寫寫看

pi.seo　　　　to.si
비서（秘書）、도시（都市）
皮.瘦　　　　土.細

비서

도시

▶ 韓語會話寫寫看

sa.rang.he.yo
사랑해요.（我愛你！）
莎.郎.黑.油

사랑해요.

사랑해요.

T29

發音

| 不發音 / ng |

相似注音

| 不發音 / ㄥ |

yeo . gi

여기

有 . 給

這裡

圖像 • 發音記憶法

嗯！髮型超炫，眾人的焦點！

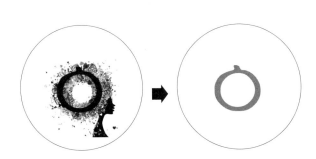

▶ 韓語 40 音寫寫看

心到、眼到、手到、口到！先看筆順，接著每寫一次，就練習念一次喔！

▶ 韓語單字寫寫看

yeo . gi　　　　a . gi
여기（這裡）、아기（嬰孩）
有.給　　　　阿.給

▶ 韓語會話寫寫看

char . chi . ne . se . yo
잘 지내세요?（你好嗎？）
茶.奇.內.誰.喲

잘 지내세요?

잘 지내세요?

T30

發音

ch/j

相似注音

ㄘ/ㄗ

chu . so

주소

阻 . 嫂

地址

圖像・發音記憶法

姿色撩人，綻放無限魅力！

▶ 韓語 40 音寫寫看

心到、眼到、手到、口到！先看筆順，接著每寫一次，就練習念一次喔！

▶ 韓語單字寫寫看

chu . so   chi . gu
주소（地址）、지구（地球）
阻.嫂   奇.姑

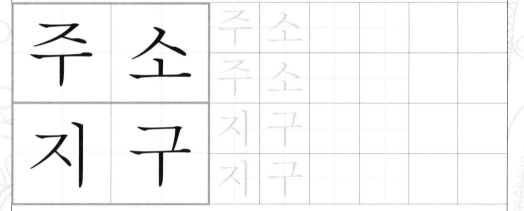

▶ 韓語會話寫寫看

tto . man . na . cha
또 만나자 .（下次再見！）
都.滿.娜.恰

또 만나자.

T31

發音

h

相似注音

ㄏ

hyu . ji

휴지

休 . 幾

面紙、衛生紙

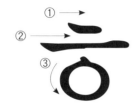

圖像・發音記憶法

喝杯果汁，都能搶盡峰頭！

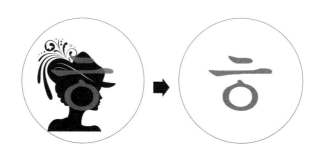

▶ 韓語 40 音寫寫看

心到、眼到、手到、口到！先看筆順，接著每寫一次，就練習念一次喔！

▶ 韓語單字寫寫看

hyu . ji
휴지（面紙、衛生紙）、
休 . 幾

hyeo
혀（舌頭）
喝有

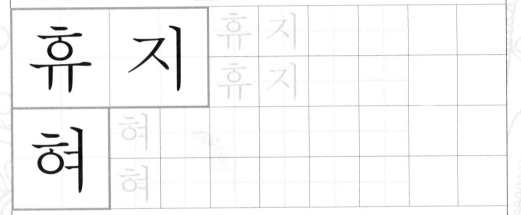

▶ 韓語會話寫寫看

ha . ji . ma . (yo)
하지마 (요).（住手；不要（啦）！）
哈 . 幾 . 馬 . (油)

하지마(요).

하지마(요).

T32

發音

ch

相似注音

ㄔ / ㄑ

單　字

cha

차

擦

茶、車子

圖像・發音記憶法

雙胞胎小女兒呢？
此人熱情好動。

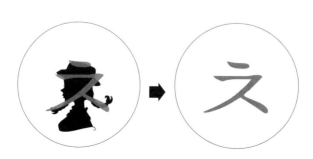

▶ 韓語 40 音寫寫看

心到、眼到、手到、口到！先看筆順，接著每寫一次，就練習念一次喔！

▶ 韓語單字寫寫看

cha ko.chu
차（茶、車子）、고 추（辣椒）
擦 姑.醋

▶ 韓語會話寫寫看

a . cha
아차!（啊呀！）
阿.擦

아차!

아차!

T33

發音

k

相似注音

ㄎ

ka . deu

카드

卡 . 的

卡片

圖像・發音記憶法

甜美**可**人，一天到晚喜歡往外跑。

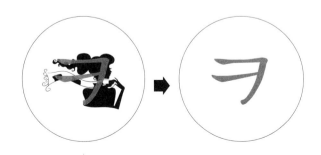

▶ 韓語 40 音寫寫看

心到、眼到、手到、口到！先看筆順，接著每寫一次，就練習念一次喔！

ㅋ

▶ 韓語單字寫寫看

ka.deu　　　　　ku.ki
카 드（卡片）、쿠 키（餅乾）
卡.的　　　　　酷.渴意

카 드

쿠 키

▶ 韓語會話寫寫看

ti.meo.ni.ka.deu.jom.ju.se.yo
티머니카드 좀 주세요 .（請給我一個 T-money 交通卡。）
提.末.妮.卡.都.從.阻.雖.喲

티머니카드 좀 주세요 .

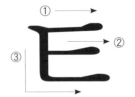

① →
② →
③ →

T34

發音

t

相似注音

ㄊ

ti . syeo . cheu

티셔츠

提 . 秀 . 恥

T恤

圖像 · 發音記憶法

她好奇心強，又**特**別調皮。

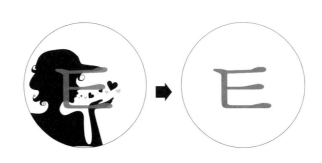

▶ 韓語 40 音寫寫看

心到、眼到、手到、口到！先看筆順，接著每寫一次，就練習念一次喔！

ㅌ　ㅌ

ㅌ　ㅌ

▶ 韓語單字寫寫看

ti.syeo.cheu
티 셔 츠（Ｔ恤）、
提.秀.恥

ko.teu
코 트（大衣）
扣.特

티 셔 츠

티셔츠

코 트

코트
코트

▶ 韓語會話寫寫看

seu .ta . i . ri . chot .ta
스타일이 좋다.（很有型！）
司.她.憶.立.糗.他

스타일이 좋다.

스타일이 좋다.

① ➝
② ↙ 立 ③ ↘
④ ➝

T35

發音

p

相似注音

ㄆ

單 字

keo . pi

커피

ㄇ . 匹

咖啡

圖像・發音記憶法

總是敢活**潑**大膽的秀自己。

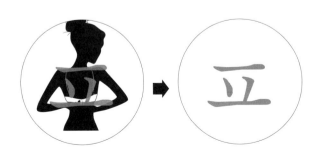

▶ 韓語 40 音寫寫看

心到、眼到、手到、口到！先看筆順，接著每寫一次，就練習念一次喔！

立	立					
立	立					

▶ 韓語單字寫寫看

keo.pi　　　　u.pyo
커 피（咖啡）、**우 표**（郵票）
口.匹　　　　屋.票

커	피	커	피			
		커	피			
우	표	우	표			
		우	표			

▶ 韓語會話寫寫看

bae . go . pa
배고파.（肚子餓了！）
配.勾.怕

배고파.
배고파.

T36

發音

kk

相似注音

ㄍ丶

a . kka

아까

阿 . 嘎

剛才

圖像 ・ 發音記憶法

雙胞胎一樣的相貌，**各**自的性情卻不相同。

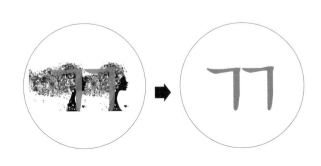

▶ 韓語 40 音寫寫看

心到、眼到、手到、口到！先看筆順，接著每寫一次，就練習念一次喔！

▶ 韓語單字寫寫看

a.kka　　　　kko.ma
아 까（剛才）、꼬 마（小不點）
阿.嘎　　　　姑.馬

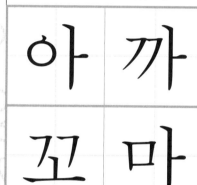

▶ 韓語會話寫寫看

ba . bbeu . sim . ni . kka
바쁘십니까？（忙嗎？）
爬.不.新.你.嘎

바쁘십니까?

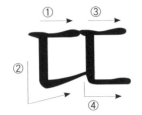

T37

發音

tt

相似注音

ㄉˋ

tteo . na . da

떠나다

都 . 娜 . 打

離開

圖像 · 發音記憶法

兩人總能玩**得**笑聲不斷。

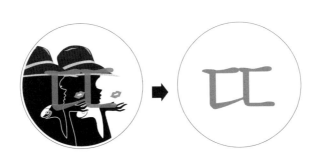

▶ 韓語 40 音寫寫看

心到、眼到、手到、口到！先看筆順，接著每寫一次，就練習念一次喔！

ㄸ ㄸ

ㄸ ㄸ

▶ 韓語單字寫寫看

tteo.na.da 　　　　　　　 tto
떠 나 다（離開）、또（那麼，又）
都 . 娜 . 打 　　　　　　　 豆

떠 나 다

떠 나 다

또

또

또

▶ 韓語會話寫寫看

tteo . deur . ji . ma . ra . yo
떠들지 말아요!（別吵了！）
搭 . 的 . 雞 . 罵 . 拉 . 喲

떠들지 말아요!

떠들지 말아요!

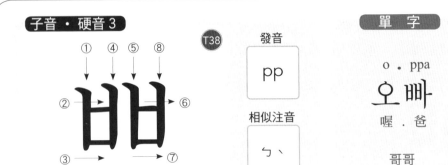

T38

發音

pp

相似注音

ㄅˋ

o . ppa

오빠

喔 . 爸

哥哥

圖像・發音記憶法

兩人逗趣的小拌嘴，都是**伯**叔姨嬸的最愛。

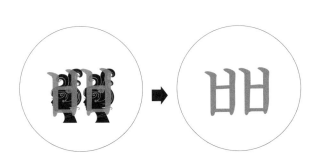

▶ 韓語 40 音寫寫看

心到、眼到、手到、口到！先看筆順，接著每寫一次，就練習念一次喔！

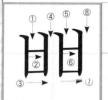

▶ 韓語單字寫寫看

o.ppa　　　　ppyam
오 빠（哥哥）、뺨（臉頰）
喔.爸　　　　飄鴨

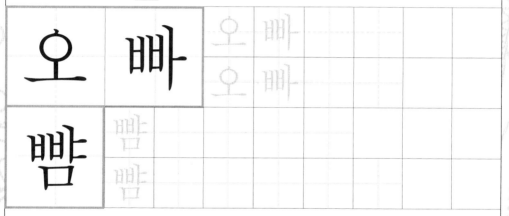

▶ 韓語會話寫寫看

o . ppa .sa . rang . hae . yo
오빠 , 사랑해요 .（哥哥，我愛你！）
喔.爸.莎.郎.黑.油

오빠, 사랑해요.

오빠, 사랑해요.

發音

ss

相似注音

ㄙˋ

ssa . u . da

싸우다

沙 . 屋 . 打

打架

圖像・發音記憶法

兩人靚麗的外表，總能吸引四周人的眼光。

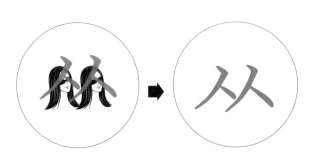

▶ 韓語 40 音寫寫看

心到、眼到、手到、口到！先看筆順，接著每寫一次，就練習念一次喔！

▶ 韓語單字寫寫看

ssa.u.da　　　　sso.da
싸우다（打架）、쏘 다（射、擊）
沙.屋.打　　　　受.打

▶ 韓語會話寫寫看

ssa . u . ji . ma
싸우지 마!（別打了！）
沙.屋.騎.馬

싸우지 마!

싸우지 마!

T40

發音

cch

相似注音

ㄗˋ

ka . ccha

가짜

卡 . 恰

假的

圖像 · 發音記憶法

兩人都相當有**自**己的想法。

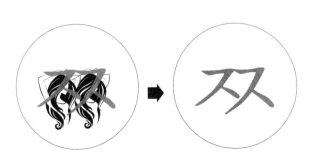

▶ 韓語 40 音寫寫看

心到、眼到、手到、口到！先看筆順，接著每寫一次，就練習念一次喔！

	双	双		
	双	双		

▶ 韓語單字寫寫看

ka.ccha　　　　ccha.da
가 짜（假的）、**짜 다**（鹹的）
卡.恰　　　　渣.打

▶ 韓語會話寫寫看

chin . ccha
진짜？（真的嗎？）
親.渣

진짜？

진짜？

發音表－反切表

平音、送氣音跟基本母音的組合

母音 子音	ㅏ a	ㅑ ya	ㅓ eo	ㅕ yeo	ㅗ o	ㅛ yo	ㅜ u	ㅠ yu	ㅡ eu	ㅣ i
ㄱ k/g	가 ka	갸 kya	거 keo	겨 kyeo	고 ko	교 kyo	구 ku	규 kyu	그 keu	기 ki
ㄴ n	나 na	냐 nya	너 neo	녀 nyeo	노 no	뇨 nyo	누 nu	뉴 nyu	느 neu	니 ni
ㄷ t/d	다 ta	댜 tya	더 teo	뎌 tyeo	도 to	됴 tyo	두 tu	듀 tyu	드 teu	디 ti
ㄹ r/l	라 ra	랴 rya	러 reo	려 ryeo	로 ro	료 ryo	루 ru	류 ryu	르 reu	리 ri
ㅁ m	마 ma	먀 mya	머 meo	며 myeo	모 mo	묘 myo	무 mu	뮤 myu	므 meu	미 mi
ㅂ p/b	바 pa	뱌 pya	버 peo	벼 pyeo	보 po	뵤 pyo	부 pu	뷰 pyu	브 peu	비 pi
ㅅ s	사 sa	샤 sya	서 seo	셔 syeo	소 so	쇼 syo	수 su	슈 syu	스 seu	시 si
ㅇ ー/ng	아 a	야 ya	어 eo	여 yeo	오 o	요 yo	우 u	유 yu	으 eu	이 i
ㅈ ch/j	자 cha	쟈 chya	저 cheo	져 chyeo	조 cho	죠 chyo	주 chu	쥬 chyu	즈 cheu	지 chi
ㅊ ch	차 cha	챠 chya	처 cheo	쳐 chyeo	초 cho	쵸 chyo	추 chu	츄 chyu	츠 cheu	치 chi
ㅋ k	카 ka	캬 kya	커 keo	켜 kyeo	코 ko	쿄 kyo	쿠 ku	큐 kyu	크 keu	키 ki
ㅌ t	타 ta	탸 tya	터 teo	텨 tyeo	토 to	툐 tyo	투 tu	튜 tyu	트 teu	티 ti
ㅍ p	파 pa	퍄 pya	퍼 peo	펴 pyeo	포 po	표 pyo	푸 pu	퓨 pyu	프 peu	피 pi
ㅎ h	하 ha	햐 hya	허 heo	혀 hyeo	호 ho	효 hyo	후 hu	휴 hyu	흐 heu	히 hi

收尾音（終音）跟發音的變化

一、收尾音（終音）

韓語的子音可以在字首，也可以在字尾，在字尾的時候叫收尾音，又叫終音。韓語 19 個子音當中，除了「ㄸ、ㅃ、ㅉ」之外，其他 16 種子音都可以成為收尾音。但實際只有 7 種發音，27 種形式。

1	ㄱ [k]	ㄱ ㅋ ㄲ ㄳ ㄺ
2	ㄴ [n]	ㄴ ㄵ ㄶ
3	ㄷ [t]	ㄷ ㅌ ㅅ ㅆ ㅈ ㅊ ㅎ
4	ㄹ [l]	ㄹ ㄼ ㄽ ㄾ ㅀ
5	ㅁ [m]	ㅁ ㄻ
6	ㅂ [p]	ㅂ ㅍ ㅄ ㄿ
7	ㅇ [ng]	ㅇ

1　ㄱ [k]：ㄱ ㅋ ㄲ ㄳ ㄺ

用後舌根頂住軟顎來收尾。像在發台語「學」的尾音。

- 마 지 막 [ma ji mak] 最後
- 곡 식 [gok sik] 穀物

2　ㄴ [n]：ㄴ ㄵ ㄶ

用舌尖頂住齒齦，並發出鼻音來收尾。感覺像在發台語「安」的尾音。

- 반 대 [pan dae] 反對
- 전 신 주 [jeon sin ju] 電線桿
- 안 내 [an nae] 陪同遊覽

3 ㄷ [t] : ㄷ ㅌ ㅅ ㅆ ㅈ ㅊ ㅎ

用舌尖頂住齒齦，來收尾。像在發台語「日」的尾音。

- 샅 바 [sat pa] (摔跤用的)腿繩
- 옷 [ot] 服
- 꽃 [kkot] 花

4 ㄹ [l] : ㄹ ㄼ ㄽ ㄾ ㅀ

用舌尖頂住齒齦，來收尾。像在發台語「兒」音。

- 마 을 [ma eul] 村落
- 쌀 [ssal] 米
- 발 [pal] 腳

5 ㅁ [m] : ㅁ ㄻ

緊閉雙唇，同時發出鼻音來收尾。像在發台語「甘」的尾音。

- 봄 [pom] 春天
- 이 름 [i reum] 名字
- 사 람 [sa ram] 人

6 ㅂ [p] : ㅂ ㅍ ㅄ ㄿ

緊閉雙唇，同時發出鼻音來收尾。像在發台語「葉」的尾音。

- 입 [ip] 嘴巴
- 잎 [ip] 葉子
- 값 [kap] 價錢

7 ㅇ [ng] : ㅇ

用舌根貼住軟顎，同時發出鼻音來收尾。感覺像在發台語「爽」的尾音。

- 사 랑 [sa rang] 愛情
- 강 [kang] 河川
- 유 령 [yu ryeong] 鬼，幽靈

二、發音的變化

韓語為了比較好發音等因素，會有發音上的變化。

1 硬音化

「ㄱ[k], ㄷ[t], ㅂ[P]」收尾的音，後一個字開頭是平音時，都要變成硬音。簡單說就是：

$$\left[\begin{array}{l} \text{「ㄱ，ㄷ，ㅂ」+平音「ㄱ，ㄷ，ㅂ，ㅅ，ㅈ」} \\ \rightarrow \text{硬音「ㄲ，ㄸ，ㅃ，ㅆ，ㅉ」。} \end{array}\right]$$

正確表記		為了好發音	實際發音
학 교 [hak gyo]	→		학 꾜 [hak kkyo] 學校
식 당 [sik dang]	→		식 땅 [sik ttang] 食堂

2 激音化

「ㄱ[k], ㄷ[t], ㅂ[P], ㅈ[t]」收尾的音，後一個字開頭是「ㅎ」時，要發成激音「ㅋ，ㅌ，ㅍ，ㅊ」；相反地，「ㅎ」收尾的音，後一個字開頭是「ㄱ，ㄷ，ㅂ，ㅈ」時，也要發成激音「ㅋ，ㅌ，ㅍ，ㅊ」。簡單說就是：

$$\left[\begin{array}{l} \text{ㄱ，ㄷ，ㅂ，ㅈ+ㅎ→ㅋ，ㅌ，ㅍ，ㅊ} \\ \text{ㅎ+ㄱ，ㄷ，ㅂ，ㅈ→ㅋ，ㅌ，ㅍ，ㅊ} \end{array}\right]$$

正確表記		為了好發音	實際發音
놓 다 [not da]	→		노 타 [no ta] 置放
좋 고 [jot go]	→		조 코 [jo ko] 經常
백 화 점 [paek hwa jeom]	→		배 콰 점 [pae kwa jeom] 百貨公司
잊 히 다 [it hi da]	→		이 치 다 [i chi da] 忘記

連音化

「ㅇ」有時候像麻薯一樣，只要收尾音的後一個字是「ㅇ」時，收尾音會被黏過去唸。但是「ㅇ」也不是很貪心，如果收尾音有兩個，就只有右邊的那一個會被移過去念。

正確表記	為了好發音	實際發音
단 어 [tan eo]	→	다 너 [ta neo] 單字
값 이 [kaps i]	→	갑 시 [kap si] 價格
서 울 이 에 요 [seo ul i e yo]	→	서 우 리 에 요 [seo u li e yo] 是首爾

4 ㅎ音弱化

收尾音「ㄴ，ㄹ，ㅁ，ㅇ」，後一個字開頭是「ㅎ」音；還有，收尾音「ㅎ」，後一個字開頭是母音時，「ㅎ」的音會被弱化，幾乎不發音。簡單說就是：

$$
\begin{bmatrix}
ㄴ , ㄹ , ㅁ , ㅇ + ㅎ → ㄴ , ㄹ , ㅁ , ㅇ \\
ㅎ + ㅇ → ㅇ
\end{bmatrix}
$$

正確表記	為了好發音	實際發音
전 화 [jeon hwa]	→	저 놔 [jeo nwa] 電話
발 효 [pal hyo]	→	바 료 [pa ryo] 發酵
암 호 [am ho]	→	아 모 [a mo] 暗號
동 화 [tong hwa]	→	동 와 [tong wa] 童話
좋 아 요 [joh a yo]	→	조 아 요 [jo a yo] 好

5　鼻音化（1）

「ㄱ[k]」收尾的音，後一個字開頭是「ㄴ,ㅁ」時，要發成「ㅇ」[ng]。

「ㄷ[t]」收尾的音，後一個字開頭是「ㄴ,ㅁ」時，要發成「ㄴ」[n]。

「ㅂ[P]」收尾的音，後一個字開頭是「ㄴ,ㅁ」時，要發成「ㅁ」[m]。

正確表記	為了好發音	實際發音
국 물 [guk mul]	→	궁 물 [gung mul] 肉湯
짓 는 [jit neun]	→	진 는 [jin neun] 建築
입 문 [ip mun]	→	임 문 [im mun] 入門

6　鼻音化（2）

「ㄱ[k], ㄷ[t], ㅂ[P]」收尾的音，後一個字開頭是「ㄹ」時，各要發成「k→ㅇ」「t→ㄴ」「p→ㅁ」。而「ㄹ」要發成「ㄴ」。簡單說就是：

$$\begin{bmatrix} ㄱ,ㄷ,ㅂ+ㄹ→ㅇ,ㄴ,ㅁ \\ ㄹ→ㄴ \end{bmatrix}$$

正確表記	為了好發音	實際發音
복 리 [bok ri]	→	봉 니 [bong ni] 福利
입 력 [ip ryeok]	→	임 녁 [im nyeok] 輸入
정류장 [cheong ru jang]	→	정 뉴 장 [cheong nyu jang] 公車站牌

7　流音化：ㄹ同化

「ㄴ」跟「ㄹ」相接時，全部都發成「ㄹ」音。簡單說就是：

$$\begin{bmatrix} ㄴ+ㄹ→ㄹ+ㄹ \\ ㄹ+ㄴ→ㄹ+ㄹ \end{bmatrix}$$

正確表記	為了好發音	實際發音
신 라 [sin la]	→	실라 [sil la] 新羅
실 내 [sil nae]	→	실 래 [sil lae] 室內

8 蓋音化

「ㄷ [t], ㅌ]t」」收尾的音，後一個字開頭是「이」時，各要發成「ㄷ→ㅈ」「ㅌ→ㅊ」。而「ㄷ [t] 」收尾的音，後字為「히」時，要發成「ㅊ」。簡單説就是：

$$
\begin{bmatrix}
ㄷ + 이 \rightarrow 지 \\
ㅌ + 이 \rightarrow 치 \\
ㄷ + 히 \rightarrow 치
\end{bmatrix}
$$

正確表記		實際發音
같 이 [kat i]	→	가 치 [ka chi] 一起
해 돋 이 [hae dot i]	→	해 도 지 [hae do ji] 日出

為了好發音

9 ㄴ 的添加音

韓語有時候也很曖昧，喜歡加一些音，那就叫做添加音。在合成詞中，以子音收尾的音，後一個字開頭是「야, 얘, 여, 예, 요, 유, 이」時，中間添加「ㄴ」音。另外，「ㄹ」收尾的音，後面接母音時，中間加「ㄹ」音。簡單説：

$$
\begin{bmatrix}
子音 + 야, 얘, 여, 예, 요, 유, 이 \\
\rightarrow 子音 + ㄴ + 야, 얘, 여, 예, 요, 유, 이 \\
ㄹ + 母音 \rightarrow ㄹ + ㄴ + 母音
\end{bmatrix}
$$

正確表記		實際發音
식 용 유 [sik yong yu]	→	시 공 뉴 [si gyong nyu] 食用油
한 국 요 리 [han guk yo ri]	→	한 궁 뇨 리 [han gung nyo ri] 韓國料理
알 약 [al yak]	→	알 략 [al lyak] 錠劑

為了好發音

什麼叫合成詞？就是兩個以上的單字，組成另一個意思不同的單字啦！例如：韓國＋料理→韓國料理。

- 附錄 -
生活必備單字

1. 打招呼一下

早安！
안녕!
an.nyeong

請好好休息！
편히 쉬세요.
pyeon.hi.swi.se.yo

早安！你好！
안녕하세요?
an.nyeong.ha.se.yo

好久不見了！
오랜만이구나.
o.raen.ma.ni.gu.na

晚安！
안녕히 주무세요.
an.nyeong.hi.ju.mu.se.yo

您最近可好！
건강하세요?
geon.gang.ha.se.yo

2. 道別

再見！慢走！（對離開的人）
안녕히 가세요.
an.nyeong.hi.ga.se.yo

多保重！
건강하세요.
geon.gang.ha.se.yo

（明天）再見！
(내일) 또 봐요.
(nae.ir).tto.bwa.yo

再聯繫。
연락할게.
yeon.ra.kal.gge

有機會再見面吧！
또 만납시다.
tto.man.nap.si.da

T44 3. 回答

是。
네./예.
ne／ye

不是。
아뇨./아니요.
a.nyo／a.ni.yo

是的。
네,그렇습니다.
ne,geu.reot.seum.ni.da

我知道了。
알겠어요.
al.ge.sseo.yo

我不知道。
모르겠어요.
mo.reu.ge.sseo.yo

那麼，拜託你了。
네,부탁해요.
ne,bu.ta.kae.yo

不，不用了！
아니요,됐어요.
a.ni.yo,dwae.sseo.yo

T45 4. 道謝

謝謝！
고마워요.
go.ma.wo.yo

非常感謝！
감사합니다.
gam.sa.ham.ni.da

我很開心！
기뻐요.
gi.ppeo.yo

我很高興！
즐거워요.
jeul.geo.wo.yo

您辛苦啦！
수고하셨어요.
su.go.ha.syeo.sseo.yo

對不起。
미안해요.
mi.an.hae.yo

給你添麻煩了。
폐를 많이 끼쳤습니다.
pye.reur.ma.ni.kki.chyeot.seum.ni.da

請原諒我。
용서해 주세요.
yong.seo.hae.ju.se.yo

失敬了。
실례 했습니다.
sil.lye.haet.seum.ni.da

非常抱歉。
죄송합니다.
joe.song.ham.ni.da

沒關係的。
괜찮아요.
gwaen.cha.na.yo

T47　6. 請問一下

請問一下。
뭐 좀 물어봐도 돼요?
mwo.jom.mu.reo.bwa.do.dwae.yo

現在幾點呢？
지금 몇시예요?
ji.geum.myeot.si.ye.yo

嗯，有什麼事嗎！
네, 말씀하세요.
ne,mal.sseum.ha.se.yo

車站在哪裡？
역은 어디예요?
yeo.geun.eo.di.ye.yo

這是什麼？
이것이 뭐예요?
i.geo.si.mwo.ye.yo

吃過飯了嗎？
밥 먹었어요？
bam.meo.geo.sseo.yo

T48 **7. 感情的說法**

我很喜歡！
좋아해요！
jo.a.hae.yo

真了不起！
훌륭하네요！
hul.lyung.ha.ne.yo

我很快樂！
즐거워요！
jeul.geo.wo.yo

太不可思議啦！
신기해요.
sin.gi.hae.yo

太好了！
다행이네요.
da.haeng.i.ne.yo

很吃驚！
놀랐어요！
nol.la.sseo.yo

我很開心！
기뻐요.
gi.ppeo.yo

嚇我一大跳！
깜짝 놀랐어요！
kkam.jjang.nol.la.sseo.yo

我很幸福！
행복해요！
haeng.bo.kae.yo

真不敢相信！
믿을 수 없어요！
mid.eur.su.eop.seo.yo

好有趣喔！
재미있네요！
jae.mi.in.ne.yo

不會是真的吧？
말도 안 되요.
mal.do.an.doe.yo

心情真好！
기분이 좋아요.
gi.bu.ni.jo.a.yo

我很生氣！
화가 났어요！
hwa.ga.na.sseo.yo

非常感動！
감동했어요！
gam.dong.hae.sseo.yo

太可惜了！
억울해요.
eo.gul.hae.yo

太棒啦！
최고예요！
choe.go.ye.yo

太恐怖了！
무서워요.
mu.seo.wo.yo

真討厭！	真沒意思！
싫어해요!	**재미없어요.**
si.reo.hae.yo	jae.mi.eop.seo.yo

我不舒服。	還可以！
기분이 나빠요.	**그저 그래요.**
gi.bu.ni.na.ppa.yo	geu.jeo.geu.rae.yo

真不痛快！	我心裡沒底！
답답해요.	**불안해요.**
dap.dda.pae.yo	bu.ran.hae.yo

我很悲傷！	我很痛苦！
슬퍼요.	**괴로워요.**
seul.peo.yo	goe.ro.wo.yo

我感到寂寞。	怎樣辦？
외로워요.	**어떡하지！**
oe.ro.wo.yo	eo.tteo.ka.ji

 T49　8. 韓國料理

韓國泡菜	人參雞湯
김치	**삼계탕**
gim.chi	sam.ge.tang

湯飯	韓式純豆腐
국밥	**순두부**
guk.bbap	sun.du.bu

烤三層肉	燒烤雞肉蔬菜料理
삼겹살	**닭갈비**
sam.gyeop.sal	dalk.ggal.bi

韓國火鍋
찌개
jji.gae

生牛肉料理
육회
yu.koe

棒狀年糕
떡볶이
tteok.bbo.kki

冷麵
냉면
naeng.myeon

韓國 BB 拌飯
비빔밥
bi.bim.bbap

海苔
김
gim

（烤）石鍋拌飯
돌솥비빔밥
dol.sot.bi.bim.bbap

麵疙瘩湯
수제비
su.je.bi

韓國燒烤
불고기
bul.go.gi

鍋巴
누룽지
nu.rung.ji

黃瓜韓國泡菜
오이김치
o.i.gim.chi

燉煮整隻雞的火鍋
닭한마리
da.kan.ma.ri

豆芽菜
콩나물
kong.na.mul

烤魚
생선구이
saeng.seon.gu.i

烤肉串
꼬치구이
kko.chi.gu.i

裙帶菜湯
미역국
mi.yeok.gguk

韓式套餐
한정식
han.jeong.sik

辣味香腸
부대찌개
bu.dae.jji.gae

韓國菜
한국요리
han.jeong.sik

輕圖解！
韓語40音
練習帖

18K＋MP3

【韓語Jump 05】

■發行人
林德勝

■著者
金龍範

■出版發行
山田社文化事業有限公司
地址　106 臺北市大安區安和路一段112巷17號7樓
電話　02-2755-7622
傳真　02-2700-1887

■郵政劃撥
19867160號　　大原文化事業有限公司

■總經銷
聯合發行股份有限公司
地址　新北市新店區寶橋路235巷6弄6號2樓
電話　02-2917-8022
傳真　02-2915-6275

■印刷
上鎰數位科技印刷有限公司

■法律顧問
林長振法律事務所　林長振律師

■出版日
2017年11月 初版

■定價
新台幣199元